Sophia and Al
Prepare for Kinde

โซเฟียและอเล็กซ์
เตรียมความพร้อมสำหรับโรงเรียนอนุบาล

By Denise Bourgeois-Vance
and Stephanie Bourgeois-Vance
Illustrated by Damon Danielson

**Children
Bilingual
Books**

Book 11 of 11 from our "Sophia and Alex" Series

"The more that you read, the more things you will know. The more that you learn, the more places you'll go."
- Dr. Seuss

Copyright © 2023 by Advance Books LLC

All rights reserved. No part of this book may be reproduced in any form or by any electronic or mechanical means, including information storage and retrieval systems, without permission in writing from the publisher, except by reviewers, who may quote brief passages in a review.

Published 2023 by Advance Books LLC Renton, WA
Printed in the United States of America

Library of Congress Control Number: 2020908562
ISBN: 979-8-89154-185-6

Sophia and Alex Prepare for Kindergarten
Summary: Details of Sophia and Alex as they prepare for kindergarten during the summer months

Address all inquiries to:
Advance Book LLC
service@childrenbilingualbooks.com
For book orders visit: childrenbilingualbooks.com

Book concept and edits by Theresa LaRonde of Kent Youth and Family Services
English proofreading by Jen Lyons
Thai copyediting by Warangluk Tanmak
Thai proofreading by Nopporn Janyasawangporn

Today is like no other day. Today is quite different. Today is the last day of preschool for Sophia and Alex.
"Congratulations, class!" says Miss Anna.

วันนี้ไม่เหมือนกับวันอื่น ๆ วันนี้แตกต่างมาก

วันนี้เป็นวันสุดท้ายของโรงเรียนเตรียมอนุบาลสำหรับโซเฟียและอเล็กซ์

"ขอแสดงความยินดีกับทั้งห้องค่ะ!" ครูแอนนาพูด

Many children say a final goodbye to their teacher and friends. Sophia and Alex will join some of their friends in their new kindergarten class this fall.

เด็กๆ หลายคนกล่าวลาครูและเพื่อนๆ เป็นครั้งสุดท้าย

โซเฟียและอเล็กซ์กับเพื่อนบางคนของพวกเขาจะไปที่ชั้นอนุบาลแห่งใหม่ของพวกเขาในฤดูใบไม้ร่วงนี้

In kindergarten, children sit at their very own desks next to three other students. Learning together is fun during 'desk time' and 'circle time.'

ในโรงเรียนอนุบาลเด็กๆ นั่งที่โต๊ะของตัวเองซึ่งติดกับนักเรียนอีกสามคน

การเรียนรู้ร่วมกันสร้างความสนุกในช่วง "นั่งโต๊ะ" หรือช่วง "ล้อมวง"

Kindergartners put their backpacks and jackets in their cubbies, like they did in preschool. Each cubby has its own mailbox.

เด็กๆ อนุบาลวางเป้และแจ็คเก็ตไว้ในตู้ของพวกเขา เหมือนที่ทำในโรงเรียนเตรียมอนุบาล

ตู้แต่ละอันมีกล่องจดหมาย

Just like postal carriers deliver letters, teachers mail important papers to parents using each student's mailbox.

เหมือนกับบริการไปรษณีย์ส่งจดหมาย

ครูส่งเอกสารสำคัญให้ผู้ปกครองโดยใช้กล่องจดหมายของนักเรียนแต่ละคน

"How exciting!" says Mom. "Both of you are attending the same school as Noah. Your older brother will be in fifth grade this year."

"นี่มันน่าตื่นเต้นมาก!" แม่พูดว่า "ลูกทั้งคู่ไปโรงเรียนเดียวกับโนอาห์ พี่ชายของลูก เขาจะอยู่เกรดห้าในปีนี้"

Sophia and Alex practice good table manners at preschool and at home. They will be ready to eat lunch in the big cafeteria with all the elementary children.

โซเฟียและอเล็กซ์ฝึกฝนมารยาทบนโต๊ะอย่างดีทั้งที่โรงเรียนเตรียมอนุบาลและที่บ้าน

พวกเขาเตรียมตัวทานอาหารกลางวันในโรงอาหารขนาดใหญ่พร้อมกับเด็กประถมคนอื่นๆ

Although they will miss their preschool, Sophia and Alex will have a fun summer. Miss Anna is giving them a special packet with lots of fun activities.

แม้ว่าพวกเขาจะเสียใจที่ไม่ได้ไปโรงเรียนเตรียมอนุบาล

โซเฟียและอเล็กซ์ก็มีช่วงฤดูร้อนที่สนุกสนาน

มิสแอนนาให้ซองจดหมายพิเศษให้พวกเขาซึ่งมีกิจกรรมสนุกๆ มากมาย

At home, there are many activities for children to do to prepare for kindergarten. Parents can help make learning fun, like a game.

ที่บ้านมีกิจกรรมมากมายให้เด็กๆ ทำเพื่อเตรียมพร้อมสำหรับโรงเรียนอนุบาล

ผู้ปกครองสามารถช่วยให้การเรียนรู้สนุก เช่นเกมส์

"Dah, dah, dog," says Alex as he places the toy dog in the "D" cup.
"I like learning my letters," adds Sophia. "Cah, cah, cat," she says.

"Dah, dah, dog," อเล็กซ์กล่าวขณะที่เขาวางสุนัขของเล่นไว้ในถ้วย "D"

"ฉันชอบเรียนเกี่ยวกับตัวอักษร" โซเฟียกล่าวเสริม "Cah, cah, cat" เธอพูด

"Children spend the first day of kindergarten writing and decorating their name tag," says Mom.
"I will color mine like a rainbow," adds Sophia.

"เด็กๆ ใช้วันแรกที่โรงเรียนอนุบาลเพื่อเขียนและตกแต่งป้ายชื่อ" แม่พูด

"ฉันจะระบายสีของฉันให้เหมือนสายรุ้ง" โซเฟียพูดเสริม

After dinner, Alex sits at the kitchen table to practice writing his name by connecting dots his dad drew the night before.

หลังอาหารเย็น อเล็กซ์นั่งที่โต๊ะในครัวเพื่อฝึกเขียนชื่อของเขาโดยเชื่อมจุดต่าง ๆ ที่พ่อของเขาวาดเมื่อคืนก่อน

Many children can recognize all the letters in the alphabet. 'S' is the first letter in words like "Sam sees seven silly snakes slithering straight south."

เด็กหลายคนสามารถจดจำตัวอักษรทั้งหมดในพยัญชนะ 'S' เป็นตัวอักษรแรกในคำเช่น "Sam sees seven silly snakes slithering straight south."

"Look Mom, I wrote my name!" proclaims Alex.
"I like the way you write," replies his mother. "I see you being a good student in kindergarten."

"แม่ครับดูนี่ ผมเขียนชื่อผม!" อเล็กซ์ประกาศ

"แม่ชอบวิธีที่ลูกเขียน" แม่ของเขาตอบ "แม่เห็นลูกเป็นนักเรียนที่ดีในโรงเรียนอนุบาล"

"Once you learn all your letters," says Mom, "you can read books!"
"My favorite book is about horses," says Sophia. "They eat apples and sleep standing up."

"เมื่อลูกเรียนรู้ตัวหนังสือทั้งหมดของลูก" แม่พูด "ลูกจะสามารถอ่านหนังสือได้!"

"หนังสือเล่มโปรดของหนูนั้นเกี่ยวกับม้า" โซเฟียพูด "พวกมันกินแอปเปิ้ล และยืนหลับ"

"I love, love, love when Mom reads to us!" Sophia tells Alex. "I learn new words like 'M-O-M'. That spells 'mom.'"

"ฉัน รัก รัก รัก เมื่อแม่อ่านให้เรา!" โซเฟียบอกอเล็กซ์ " ฉันเรียนรู้คำศัพท์ใหม่เช่น 'M-O-M'

ที่สะกดว่า 'แม่'"

Many elementary schools have libraries with books, books, and more books. The classroom has a smaller library, and each student has their very own book box.

โรงเรียนประถมหลายแห่งมีห้องสมุดที่มีหนังสือ หนังสือ และหนังสืออื่น ๆ อีกมากมาย

ห้องเรียนมีห้องสมุดขนาดเล็ก และนักเรียนแต่ละคนมีกล่องหนังสือของตัวเอง

"I have a book about shapes," begins Alex. "Clocks are circles. Sandboxes are squares. Refrigerators are rectangles. Trees look like triangles."

"ฉันมีหนังสือเกี่ยวกับรูปร่าง" อเล็กซ์เริ่ม "นาฬิกาเป็นวงกลม กระบะทรายเป็นสี่เหลี่ยมจุตรัส ตู้เย็นเป็นรูปสี่เหลี่ยมผืนผ้า ต้นไม้มีลักษณะคล้ายกับสามเหลี่ยม"

"If I practice, I will know all my colors before I go to kindergarten," declares Sophia. "Grass is green. The sky is blue. My ball is red and so are you."

"ถ้าฉันฝึก ฉันจะรู้จักสีทั้งหมดก่อนไปโรงเรียนอนุบาล" โซเฟียบอก "หญ้าสีเขียว ท้องฟ้าสีฟ้า

ลูกบอลของฉันสีแดง และเธอก็สีแดง"

Painting pictures at home is fun and helps children grow their imaginations.
"This is a picture of our family," Alex shows his mother.

การวาดภาพที่บ้านเป็นเรื่องสนุก และช่วยให้เด็กๆ พัฒนาจินตนาการของพวกเขา

"นี่คือภาพครอบครัวของเรา" อเล็กซ์ให้แม่ของเขาดู

In kindergarten, children paint anything they can imagine. Some children paint things they saw during the summer.

ในโรงเรียนอนุบาล เด็กๆ วาดภาพสิ่งที่พวกเขาสามารถจินตนาการได้

เด็กบางคนวาดสิ่งที่เห็นในช่วงฤดูร้อน

"1, 2, 3, 4, 5, 6, 7, 8, 9, 10, 11, 12, 13, 14, 15, 16, 17, 18, 19, 20," recites Sophia. "I count faster than Alex."
"I can count to 21," Alex replies.

"1, 2, 3, 4, 5, 6, 7, 8, 9, 10, 11, 12, 13, 14, 15, 16, 17, 18, 19, 20," โซเฟียท่อง

"ฉันนับเร็วกว่าอเล็กซ์"

"ฉันนับได้ถึง 21" อเล็กซ์ตอบกลับ

Sophia makes up a game. "I spy with my little eye, 4 flying birds, 3 thirsty cats, 2 tall trees, and 1 dirty dog called Ruffy. That's a total of 10!" she tells Alex.

โซเฟียสร้างเกม "ฉันสอดแนมด้วยตาน้อยๆ ของฉัน นกบิน 4 ตัว แมวกระหายน้ำ 3 ตัว ต้นไม้สูง 2 ต้น และสุนัขสกปรก 1 ตัวชื่อ รัฟฟี่ นั่นทั้งหมดมี 10 ตัว!" เธอบอกอเล็กซ์

School recess is like ‘outside time’ at preschool. All the children like playing games and climbing on bars. Friends from other grades and classes play together.

เวลาพักในโรงเรียนนั้นเหมือนกับ 'เวลาเล่นข้างนอก' ในโรงเรียนเตรียมอนุบาล

เด็กทุกคนชอบเล่นเกมและปีนที่ราวโหน เพื่อนๆ จากชั้นและห้องอื่นๆ มาล่นด้วยกัน

Ring! Ring! When the bell sounds, all the children go back to class.
"We have to follow all the rules," Sophia tells Alex. "We are no longer
preschoolers, you know."

กริ๊ง! กริ๊ง! เมื่อระฆังดังขึ้นเด็กทุกคนจะกลับไปที่ชั้นเรียน "เราต้องปฏิบัติตามกฎทั้งหมด"

โซเฟียบอกอเล็กซ์ "เราไม่ใช่เด็กก่อนวัยเรียนอีกต่อไป"

Physical education, or 'P.E.,' is a time when students do fun activities inside the school gym. Classmates play games and learn to dance.

พลศึกษาหรือ 'P.E.' เป็นเวลาที่นักเรียนทำกิจกรรมสนุกๆ ในโรงยิมของโรงเรียน เพื่อนร่วมชั้นเล่นเกมส์ และเรียนรู้ที่จะเต้น

Summer is a fun time for children to be outside.
"I will be the fastest runner in kindergarten," Alex tells his dad.

ฤดูร้อนเป็นช่วงเวลาที่สนุกสำหรับเด็กที่จะออกไปข้างนอก

"ฉันจะเป็นนักวิ่งที่เร็วที่สุดในโรงเรียนอนุบาล" อเล็กซ์พูดกับพ่อของเขา

Before school starts, Mom and Dad help the children fill their backpacks with supplies like crayons, markers, glue, and scissors. Everything will be shared with their classmates.

ก่อนเริ่มเข้าโรงเรียน คุณพ่อคุณแม่ช่วยเด็กๆ ใส่อุปกรณ์ต่างๆ ในเป้ เช่น สีเทียน ปากกามาร์กเกอร์ กาว และกรรไกร ทุกอย่างจะใช้ร่วมกับเพื่อนร่วมชั้นของพวกเขา

By the end of summer, the children are confident they are ready for school.
"I am so excited to meet our new teacher!" exclaims Sophia. "Me too!" adds Alex.

ในช่วงปลายฤดูร้อน เด็กๆ มีความมั่นใจว่าพวกเขาพร้อมไปโรงเรียน

"ฉันตื่นเต้นมากที่ได้พบกับครูคนใหม่ของเรา!" โซเฟียอุทาน "ฉันด้วย!" อเล็กซ์เสริม

"I am so happy to meet you. I am Miss Miller and I will be your teacher."
"Welcome to kindergarten!"
Sophia and Alex look at each other and smile broadly.

"ฉันดีใจมากที่ได้พบคุณ ฉันคือมิสมิลเลอร์ และฉันจะเป็นครูของคุณ

ยินดีต้อนรับสู่โรงเรียนอนุบาล!"

โซเฟียกับอเล็กซ์มองหน้ากัน และยิ้มแป้น

Milton Keynes UK
Ingram Content Group UK Ltd.
UKHW051151180923
428882UK00006B/30

9 798891 541856